TABLEAU
ACTUEL
DU THÉATRE FRANÇAIS.

TABLEAU ACTUEL

DU THÉATRE FRANÇAIS.

Par J. E. PACCARD,

Simple admirateur des talens, je me livre à mon enthousiasme.

A PARIS,

Chez ROULLET, libraire du Théâtre de l'Académie. impériale de Musique, rue des Poitevins, n°. 7.

M. DCCCVII.

TABLEAU ACTUEL

D U

THÉATRE FRANÇAIS.

Le Théâtre Français tel qu'il est maintenant est sans contredit le premier de l'Europe. Plusieurs personnes ont trouvé extraordinaire que dans le dernier classement fait on l'ait placé avant l'Opéra ; si ces mêmes personnes s'étoient demandé à elles-mêmes, qui doit avoir la prééminence de Molière ou de Quinault, peut être n'auraient elles pas hazardé si inconsidérément une idée bizarre et même ridicule.

Oui sans doute, le théâtre français est le premier de l'Europe ; les immortels ouvrages qui composent son répertoire lui ont assez acquis ce titre, pour qu'il ne puisse lui être disputé.

Aux seuls noms des *Corneille* des *Racine*, des *Crébillon* et des *Voltaire*, l'on se sent électrisé ! quelles nations oseroient lutter contre la nôtre dans le genre tragique, traité par de tels génies ?. et quels sont ceux qu'on osera leur opposer ?... sera-ce un *Shakespeare* chez les Anglais, un *Schiler* chez les

Allemands , un *Scipion Maffey* chez les Italiens....
Ces auteurs ont leur mérite particulier, qui en doute?
ils ont de grandes beautés, quelques situations théâ-
traies, l'on convient de tout cela ; mais ils n'ont pas
atteint la perfection , sans laquelle dans aucun
genre il n'est point de véritable gloire.

Peut-on rien offrir aux spectateurs, de plus grand,
de plus beau, que les scènes du Cid , des Horaces,
de Polyeucte , de Cinna, Pompée et Rodogune ?...
Est-il une poësie plus harmonieuse, plus ravissante
que celle qu'on admire jusques dans la moindre des
pieces de Racine ?.. Si l'on ose parler ainsi de tout
ouvrage sorti des mains de l'homme, qui à le mieux
connu l'art des vers , homme que la postérité
admirera comme le plus parfait des poétes, qui ont
écrit dans une langue , qui bientôt sera celle de
l'Europe entiere.

Crébillon, ce génie original , à-t-il rien laissé à
desirer dans le genre qu'il à adopté ! la vigueur de
son pinceau n'est-elle pas étonnante ! n'à-t-il pas bien
mérité le titre de tragique né , qui lui à été donné
par les vrais connoisseurs dans cet art si imposant et
si difficile ? Est-il rien de plus mâle que ces vers que
Pharasmane adresse à Radamiste :

De quel front osez-vous soldats de Corbulon,
M'apporter dans ma cour les ordres de Néron.

Et ceux ci :

Que font vos légions ?. Ces superbes Vainqueurs
Ne combattent-ils plus que par Ambassadeurs.
C'est la flamme à la main, qu'il faut dans l'Ibérie
Me distraire du soin d'entrer dans l'Arménie,
Non par de vains discours indignes des romains,
Quand je vais par le fer m'en ouvrir les chemins.

Les scènes d'*Atrée* et d'*Idoménée*, ne sont-elles pas le dernier terme de l'effet tragique ?

Laissons ce grand homme agiter son poignard ensanglanté, et parlons de cet écrivain fécond, varié, universel, de cet homme tant calomnié, et tant admiré, de *Voltaire*, enfin. Qui peut résister au charme de ses beaux vers, à l'élégance de son style, à la pureté de ses expressions ?.. Quel est l'homme qui a vu sans émotion cette Zaïre si vantée et si courue ! qui n'a frémi à la représentation de Mahomet ou de Sémiramis, qui n'a pleuré avec Mérope, Alzire et Amenaïde ?.. Quels vers osera-t-on opposer à ceux que l'on admire dans le premier acte de Brutus. Peut on faire parler avec plus de grandeur et de dignité ces fameux républicains, ces austeres Sénateurs ? ne croit-on pas être à Rome et siéger parmi eux. Et dans Catilina ou Rome sauvée, qui ne reconnoît *Cicéron*, lorsque protégeant la patrie, et déjouant les complots de cet affreux conspirateur il l'attaque avec cette éloquence de l'ame, cette énergie si familiere au premier des Orateur romains , au rival de *Démosthenes*.

Cessons de faire remarquer des beautés que tout le monde connoît et admire , et qui le seront dans tous les tems.

J'ai parlé de nos plus grands poétes , mais je ne passerai point sous silence les Ecrîvains qui les ont suivis. Je parlerai du poéte de la Nation , du modeste et sensible *Dubelloy* , de cet homme vraiment français, qui préféroit les héros de son pays à ceux d'Athênes et de Rome , et qui nous a fait voir Bayard l'honneur, le modele des chevaliers Français, donnant l'éxemple de la vertu la plus rare , et rendant à son prince ce que lui doit tout sujet fidèle; de cet homme à la fois terrible, religieux , et galant, qui avoit pris pour devise , ces trois mots ,

Dieu. l'honneur , *et les Dames.*

qui peignent si bien le caractere de celui qui la portoit.

Oublierons-nous *Ducis* ! qui a francisé *Shakespeare*, qui a civilisé ce génie barbare , mais sublime. Ne parlerons-nous point de l'auteur de *Warvik*, de Philoctete, Mélanie; de ce digne émule de *Vol-*

taire. Dédaignerons-nous les Auteurs qui de nos jours ont donné au théâtre français, Charles neuf, Calas, Fénélon, la mort d'Abel, Épicharis et Néron, Marius à Minturne, Hentri IV, Agamemnon, les Templiers et Pyrrhus. Gardons-nous bien , nous français de nous montrer ingrats envers des hommes qui donnent chaque jour les plus consolantes espérances et semblent assurer par leurs premiers éssais que bientôt ils seront de grands maîtres.

Il est je crois bien démontré par ce court apperçu de nos richesses, que le répertoire français seulement pour les pièces tragiques, l'emporte sur tout ce que pourroient nous offrir dans ce genre les théâtres des autres nations.

Que sera-ce donc lorsque nous leur prononcerons le nom de *Moliere* ?.. à ce seul nom je les entends s'avouer vaincus.

Moliere, génie fécond, scrutateur du cœur humain, philosophe profond, vrai sage, fléau des vice et des ridicules, peintre des mœurs, digne protégé de Louis (*); homme infatigable, unique. (On convient et on le sentira chaque jour d'avantage que *Moliere* est le plus parfait auteur comique dont les

(*) Voyez la lettre à *d'Alembert* sur les spectacles, par J. J. Rousseau.

ouvrages nous soient connus), homme à qui *Boilau* envioit la facilité de la rime.

Enseigne moi Moliere ou tu trouves la rime ?
On diroit quand tu veux qu'elle te vient chercher ,
Jamais au bout des vers on ne te voit broncher ,
Et sans qu'un long détour t'arrête ou t'embarrasse,
A peine as-tu parlé, qu'elle même s'y place.

Je me garderai bien de faire l'énumération de ses chefs-d'œuvres , ce seroit faire insulte au lecteur. qui s'écrieroit de dépit en me lisant : » Crois-tu que » je ne les connois pas, que je n'en admire pas cha- » que jour les beautés ? » Il ne reste plus rien à dire sur ce grand homme; il à épuisé l'admiration de son siecle et du nôtre.

Regnard, le suit de bien près, ce poéte vagabond, ce voyageur intrépide, qui de retour de ses courses lointaines employa ses heureux loisirs à instruire , à recréer les hommes; le coulant de sa versifica- tion, la vivacité de son dialogue sont des titres bien établis aux yeux des connoisseurs qui ne dédai- gnent pourtant point les pieces de *Dancourt*, des le *Sage*, des *Destouches* , des *Piron* et des *Colin- d'Harleville*.

Ce siecle à aussi son *Moliere*, comme lui comé- dien , directeur ; et auteur. comme lui laborieux et
infatigable

infatigable ; chaque pas qu'il fait est pour la gloire ! chaque ouvrage qu'il donne lui est payé par des succès: par l'effet du calcul d'une sagesse raisonnée, il vient de renoncer aux jeux scéniques, pour se livrer plus spécialement à son goût dominant. Quelles espérances le public ne doit-il pas concevoir sûr un homme si fortement animé du desir de lui plaire? Que ne doit il pas attendre de l'auteur de *Duhaut-court, Médiocre et rampant, l'Entrée dans le monde,* la *Petite Ville* et les *Ricochets* ? Ne voit-on pas qu'il connoît à fond le genre auquel il s'est livré ? N'a-t-il pas déjà tiré un excellent parti des travers des hommes de son siecle ? Ne nous prouve-t-il pas chaque jour que la mine est inépuisable, pour quiconque sait la fouiller? Formé sur les bons modeles, fidèle imitateur de *Moliere,* ne laisse-il-pas entrevoir qu'il suivra son maître de bien près ?

Je m'arrête, je craindrais de troubler l'homme modeste qui possede tant de qualités éminentes et qui dans le silence du cabinet n'a en vue que le Public à qui il s'est devoué, et la postérité de qui seule il attend la recompense due à ses travaux.

Passons aux Acteurs : nous ne parlerons point des *Baron,* des *Le Kain,* des *Brizard,* des *Molé,* des *Prévile,* des *Lecouvreur,* des *Clairon, Duménil* et *Joly, ils ne sont plus. Larive* quoique vivant est mort pour nous ; cet acteur si fameux, mais trop-tôt dégouté de la carrièrre du théâtre, (*) préfere pour notre malheur, les douceurs de la vîe contemplative à tout l'éclat qui environne un talent distingué. sans doute il lui est plus doux de parcourir les aziles charmants consacrés par *Jean Jaques* , et *Gretry*. que de paroître aux yeux d'un Public inconstant et leger. Quoi qu'il en soit nous ne pouvons que gémir sur une retraite trop précipitée, qui nous prive d'un tragédien sublime, qui représentoit avec la plus grande énergie les rôles brillants et difficultueux de *Ladislas*, *Warvic*, *Spartacus*, du vieil *Horace*, de *Bayard*, *Zamore* et *Tancrede*.

Consolons nous donc avec ceux qui nous restent. A ces mots je crois entendre se récrier, tous les vieux amateurs , mais tout en murmurant ces esprits délicats ne s'en rendent pas moins chaque jour au Théâtre Français.

En effet , pourquoi se plaindre sans cesse ? Nous n'avons plus le *Kain*... *Larive*... Mais *Talma* nous reste, cet acteur étonnant, qui préfére la gloire à la vie , ce tragédien né, qui par la magie de son jeu, porte la terreur dans l'ame du spectateur , et dont l'organe mâle et flexible, rend avec une égale facilité les accens terribles de la vengeance, et les ex-

(*) Il habite Montmorency, et y est revêtu de la qualité de Maire.

pressions de la plus vive douleur, et qui malgré la médiocrité de sa taille, ne rapetisse jamais ses héros, semblable en cela à *Le Kain*, qui paroissoit beau à tous les spectateurs, même aux femmes (*).

Voyez *St. Prix* ! ce comédien consommé, à qui l'aisance, ne coute rien, et qui par ses formes musculeuses et la force de sa voix, nous rappelle ces hommes invincibles, ces gigantesques héros, qui remplissoient le monde de leurs exploits, et portoient la terreur jusqu'aux bornes de la terre : qu'il imposant ! qu'il est beau ! voyez le dans Mitridate ? au seul nom de Rome, la fureur éclate dans ses regards ! Ce n'est plus un acteur, c'est un héros ! Admirez-le dans Bayard, partagez son indignation dans le viel Horace, entendez-lui prononcer ce fameux *qu'il mourut !* et resistez s'il est en votre pouvoir à la force du vrai sublime !...

Je doute qu'aucun acteur puisse rendre avec plus de vérité que *St. Prix* le rôle de *Caïn* ! il l'à créé d'une manière si savante, il s'y est montré si terriblement jaloux, il s'est si fortement pénétré de ce caractere farouche et barbare, qu'il à laissé dans l'ame des spectateurs des impressions qui s'en effaceront difficilement ; tous frémissoient dans le moment ou se contenant à peine, *Caïn* crie à

(*) A une représentation de *Zayre*, une femme entraînée par la noblesse de son jeu, s'écria : *Oh qu'il est beau !*

son frère : Va-t'en, va-t'en !... et dans cet autre ou plus terrible encor il adresse à sa famille assemblée ces paroles blasphêmatoires :

Je ne suis plus pour vous, époux, ni fils, ni frère,
Je suis Caïn ! ! !

Quelle scène ! quel tableau !... *Porporati* n'auroit pas mieux fait (*).

Mais je vois *Lafond*, ce talent naissant et méridional, qui daus ces deux vers du Cid ,

Mes pareils à deux fois ne se font pas connoître,
Et pour leurs coups d'essai valent des coups de
maître !

nous dit si hardiment sa propre histoire, et qui chaussant avec éclat et dignité le cothurne tragique, trouve encore de la grace pour porter le brodequin;

(*) Tout le monde connoît la magnifique gravure de la mort d'*Abel*, publiée en 1776, par M. *Porporati*, graveur de sa majesté le roi de *Sardaigne.* ; cet artiste estimable, embarrassé pour l'épigraphe qu'il devoit mettre au bas d'un sujet si grave, si touchant, fut trouver le philosophe de *Genève*, qui étoit à Paris; *J. J Rousseau* après qnelques instans de méditation lui donna celle - ci :

Prima mors, primi parentes, primus luctus.

il sait chaque jour dédommager de ses pertes un Public insatiablede jouissances et de plaisir.

Oublierons-nous l'infatigable *Damas* ? ce jeune homme ardent, qui n'à d'autre desir que celui de plaire, et à qui tous les genres sont familiers ; tantôt sensible, impétueux dans Monval de Mélanie ; timide et tendre dans Hypolite ; dissimulé profond, dans *Bégéarss*, enfin toujours bien placé et toujours prêt à se devouér pour son art et pour le public.

Et ce *Fleury* si séduisant, ce digne successeur de *Molé*, ce charmant petit maître, cet aimable libertin, toujours jeune, toujours léger, toujours tendre lors qu'il est en scène avec la célèbre actrice, avec laquelle il s'entend si bien : quel plaisir pour les amateurs lorsqu'ils voyent réunis sur l'affiche les noms de *Fleury* et de *Contat* !

Ils se croyent déja à la représentation de la Gouvernante, des Fauses Confidences, ou de l'École des Bourgeois.

Ce *Fleury* si parfait dans le haut comique, rend avec la plus grande vérité le rôle de Fréderic dans les *Deux Pages*; il à fait preuve de talent le plus rare dans le drame. Malheur à qui n'à pas assisté à la représentation des Victimes Cloîtrées, à qui n'a pas vu *Fleury* dans Dorval; il ne connoît pas toute l'étendue du talent de cet acteur inimitable.

Peut-on parler des Victimes Cloîtrées , sans penser à son auteur, au plus profond de tous les comédiens, à ce *Monvel,* sublime jusques dans son silence; à cet homme qui par la seule mobilité de ses traits et le jeu expressif de sa phisionomie arrache des larmes de tout spectateur attentif; tout parle chez lui, tout est ame. Ah ! s'il vouloit donner un ouvrage sur la théorie d'un art qu'il connoît si bien , et qu'il a exercé avec tant de succès, quel secours, quelles lumieres les jeunes débutans y trouveroient !

O *Monvel !* je te vois encore dans Abufar , dans Fénélon, dans Auguste: qu'il nous est pénible d'être privés de tes talens , d'autant plus regretables qu'ils s'offre peu de moyens de dédommagement.

Parois bon *St. Phall* viens recevoir le tribut d'éloges qui t'est dû; que ta modestie n'en soit point troublée ! je te vois encore dans le rôle de la *Fontaine,* tu le rends d'après nature ; la douceur de tes traits, ta candeur , la simplicité de ton jeu, tout en toi contribue à nous rappeller cet homme intéressant, ce vrai sage qui s'ignoroit et ne se croyoit qu'un homme vulgaire. N'est-ce pas toi *St. Phal,* qui osas représenter le Vieux Célibataire, quelques mois après lamort de *Molé* ? Le public loin d'en témoigner son étonnement et de t'accuser de témérité se contenta de jouir, il oublia *Molé*, et ne vit plus que ce vieux garçon, cet homme indolent, trop facile a tromper, *Dubriage* (*) enfin.

Mais quel est ce Glorieux par excellence, ce comédien raisoneur et spirituel ! c'est *Baptiste* aîné. Quiconque l'à vu dans Lucain, d'Epicharis et Néron, dans le Cimbre de Marius ! à Minturne, dans Couci d'Adélaïde duGuesclin, dans Arons et dans les principaux rôles de la haute comédie, n'à pu s'empêcher d'admirer la pureté de sa diction, la noblesse et l'aisance de son maintien, sa parfaite entente de la scène : parlons aussi d'un rôle qu'il joue avec beaucoup de vérité, celui du capitaine dans les Deux Frères ; l'illusion est complette, on ne peut mieux rendre la brusquerie sensible d'un vieux marin accablé d'inquiétudes et d'infirmités. Cet acteur n'à pas peu contribué à la réforme opérée dans les costumes ; il est un de ceux qui ont le mieux secondé *Talma*, dans cette partie accessoire de la représentation.

Le jeune *Armand* après avoir long-temps essayé ses forces commence à en faire un digne usage ; le voilà lancé, il ne s'arrêtera plus, il à tout pour réussir dans l'emploi brillant qu'il à adopté : taille élé-

(*) Nom du vieux Célibataire.

gante, figure agréable, maintien aisé. Courage, *Armand* ! la nature et l'art se réunissent pour te seconder, un peu de zèle, et ta gloire est certaine. N'oublie pas sur-tout de placer chez toi, dans un endroit très-en vue, le buste de *Molé* ; profite de l'avis, il est sûr.

Mais par quelle bizarerrie, vois-je à côté de ce jeune homme si brillant, cet avare, ce malade imaginaire, ce *Grandmenil*, ce trop discret favori de Thalie possede de grands secrets sur son art.

Caumont le suit de bien près ; cet acteur à de la rondeur, du mordant : sa diction est juste et soutenue, c'est un franc bourgeois qui prend ses aises par tout où il se trouve.

Il est deux comiques chéris du public, tous deux arrivent au but par des chemins différens ; l'un gai, bouffon, plaisant jusqu'à la satiété ; l'autre, fin, rusé, souple, délié, excite moins au rire, mais il ne fait pasrougir d'avoir ri. Ces deux hommes réunis dans un seul et même corps feroient peut-être un *Préville* ; celui qui vient de mourir s'il eût eu plus de tems et d'ardeur en aurait peut être fait un à lui seul.

Michot les accompagne, cet homme si simple, si peu prétentieux : voyez le sur la scène il y est comme

chez

chez lui , nulle gêne , nulle contrainte , les spectateurs sont ses amis , il est toujours l'homme de son
rôle. Qu'il tarde aux amateurs de la bonne comédie,
à tous les hommes vraiment français , de revoir la
Partie de Chasse d'Henry IV , mais sur-tout que
Michot y joue le rôle du meunier , quel plaisir on
auroit à le voir à table avec son bon Roi ! espérons !
Le tems est si favorable et les esprits si bien disposés.

Mais quel est ce grand éflanqué , qui s'avance ,
c'est Daniere, c'est ce héros de la niaiserie moderne.

Est-ce bien aux Français qu'il se trouve , oui , vraiment ,

*Que George y vive donc puisque George y sait
vivre* (*).

aussi bien *Baptiste cadet* sait-il se rendre très-utile
dans son emploi; il excelle dans les caricatures, il se
grime avec beaucoup d'art ; enfin quand il paroît
avec la grande livrée , il en vaut bien un autre.

Il me reste à parler des acteurs chargés des rôles
ingrats de confidens; je m'en acquiterai avec plaisir,
n'ayant que du bien à en dire.

Despré chargé des troisièmes rôles, ou raisoneurs
à un très-beau phisique, un vrai modèle d'académie;
cet acteur est parfaitement placé dans le maître

____

(*) Vers de *Boileau*, Satire I.ᵉ, vers 13.

C

d'armes du Bourgeois Gentilhomme, on voit à la ma-
niere dont il traite le maître de danse, et de philo-
sophie, qu'il faut craindre d'être son adversaire; il
porte très-bien l'habit brodé; ce qui, pour le dire en
passant, n'est pas un médiocre avantage. Sa diction
est sage, son organe fort, voilà des qualités plus que
suffisantes pour un emploi qui semble en exiger peu;
mais au Théâtre Français tout doit être parfait! et
ce n'est pas sans peine que l'on se soutient à côté
des *Talma*, des *Monvel*, et des *Fleury*.

Lacave ne le sait que trop, lui qui ne peut sur-
monter une timidité nuisible à ses progrès et à la
justesse de ses intentions; il commence pourtant a
se famillariser avec les illustres qui l'entourent. Cette
modestie toute gênante quelle est, me semble bien
préférable à la coupable audace de certains jeunes
gens qui encore enivrés de quelques faveurs provin-
ciales viennent à Paris dans l'éspoir de figurer dignement à côté des talens les plus distingués.

Mais......

Tel brille au second rang qui s'éclipse au premier.

je crois devoir cesser ici de parler des acteurs,
pour ne m'occuperque de la motié la plus intéressante, du Théâtre Français.

Déja je vois s'avancer l'altiere *Raucourt*, cette
seconde Melpomene; voyez la dans Médée, agitée

par les furies, lançant sur l'ingrat Jason des regards pleins de fureur et de rage. Entendez-lui raisonner le beau rôle de Jocaste ; admirez sa démarche, son aplomb , sa superbe stature. Accordons à cette étonnante actrice, la prééminence qui lui est dûe sur toutes ses rivales , si toutefois nous devons nommer ainsi de jeunes débutantes qui la regardent plutôt avec vénération qu'avec envie.

Mlle *Fleury* avec des avantages tout différens que ceux que nous avons remarqués dans l'actrice précédemment nommée, sait nous intéresser bien vivement : une diction pure, une grande connoissance des effets tragiques, beaucoup d'ame, de sensibilité, voilà ce qui lui à valu et lui vaut encore des applaudissemens mérités , et une considération particuliere. Le rôle de Gabrielle de Vergy est son triomphe ! il est impossible de se mieux pénétrer de la situation de cette amante infortunée , et de rendre avec plus de vérité l'horreur qu'elle éprouve à l'aspect du cœur de Raoül, ces gémissemens de l'amour, cet anéantissement presque total de la nature épuisée. Mlle *Fleury* rend tout, exprime tout dans cette horrible scène ! elle touche , effraye , terrorifie ; l'effet tragique y est porté à son comble, les bornes en sont peut-être reculées.

Non moins profonde dans Eriphile d'Iphigénie en Aulide, elle sait tirer le plus grand parti de ce rôle épisodique et difficultueux ; tout-à-la fois jalouse et tendre, soumise et dissimulée, elle se fait remarquer à côté des personnages brillans qui l'entourent ; elle leur dispute la palme, en enleve adroitement sa part, et triomphe ainsi par la seule profondeur de son talent. Qui jamais à dit mieux que Mlle *Fleury*, ce beau vers d'Adélaïde du Guesclin :

Français qu'avez-vous fait du héros que j'adore?

Et celui-ci dans Gabrielle de Vergy, en montrant Raoül :

Le voilà mon vainqueur !
L'honneur des chevaliers, l'idole de la France ;

je suis forcé de m'arrêter, car si j'osais suivre dans sa brillante carriere cette actrice estimable, je montrerais peut-être une partialité qui n'est pas dans mon cœur, car je n'ai jamais parlé à celle dont je fais l'éloge. Simple admirateur des talens, je me livre à mon enthousiasme (*).

C'est avec un plaisir bien vrai que je vais parler de Madame *Talma*, de cette femme estimable, de cette actrice distinguée, qui réussit dans tous les

(*) J'apprends en écrivant ceci, que mademoiselle *Fleury* a quitté le théâtre, mais je n'en crois pas moins devoir laisser cet article tel qu'il est.

genres, qui toujours vraie, tendre et sensible, s'em-
pare sans éllo rtducœur des spectateurs qu'elle ani-
me à son gré. Noble et décente dans Sancerre, tou-
chante dans Matilde, vive et brillante dans la Coquette
corrigée, étonante et mystérieuse dans Cassandre
d'Agamemnon ; enfin, bien par-tout ! aimant son
art avec discernement, avec sagesse, en véritable
artiste qui ne se prodigue pas inutilement, et qu'un
faux et ridicule orgueil n'aveugle point jusqu'à la
forcer de sortir des bornes que ses moyens phisiques
lui ont tracées, digne en tout d'être l'épouse du premier tragédien de l'Europe.

Paroissez aimable *Mézeray* ! montrez-vous dans
cette Fausse Agnès que vous jouez si bien, dévelop-
pez ses graces qui vous sont familieres !.. portez
l'enthousiasme dans nos cœurs ! Mais pour nous char-
mer entierement, daignez chanter dans les Trois
Sultanes ? Ah, trop séduisante actrice ! que votre
indifférence nous est funeste ! et pourquoi faut-il
que vous vous montriez si rarement ?...

Mais trop heureux, l'intéressante *Mars* nous dé-
dommage; contemplons la douceur de ses traits, la
décence de son maintien ; prêtons l'oreille au charme de sa voix, admirons cette actrice adorable, ce
modèle parfait de naïveté, de candeur, d'ingénuité;
en elle se trouvent réunis tous les avantages d'un
sexe enchanteur, fait pour régner sur l'autre par
l'amour et par la vertu.

Viens aussi séduisante *Bourgoin* ! viens aimable française ! parois avec le brillant cortege qui te suit dans tes jours de triomphe. Crois-moi, bien aimée de Thalie, laisse pleurer tes lamentables rivales, ne songe qu'à rire et folâtrer ! viens nous serons de nouveaux Solimans, nous extravaguerons pour te plaire ; laisse là le cothurne, ne chausse que le brodequin, ne sois plus ni grecque, ni romaine, sois toujours française, toujours la maligne rieuse Martignes, toujours la séduisante Roxelane „ ou le Page effronté du grand Frédéric ; rappelle-toi souvent ces vers du bon *Lafontaine* :

Ne forçons point notre talent ,
Nous ne ferions rien avec grace.

Écoute aussi, modeste *Volnay* !... toi qui es née pour peindre le sentiment, exprimer la douleur, pour émouvoir, toucher, attendrir ; ton organe sepulchral, mais doux, est fait pour parler à l'ame mélancolique, le sombre drame t'à déja adoptée pour sa fille, mais Melpomene ne t'à point dédaignée, tes brillans éssais ont trop bien contribué à sa gloire pour qu'elle eût pu te méconnoître sans injustice. Les vrais amateurs sourient à tes progrès, ils les encouragent et se félicitent de compter un talent de plus destiné à leurs plaisirs.

Mais j'entends plusieursd'entr eux me crier avec impatience : *Duchenois* est-elle oubliée ?... Non, sans doute , elle ne l'est pas !

Duchenois sera bientôt un des plus beaux ornemens du Théâtre Français.

Ame brûlante, sensibilité , organe mélodieux et flexible, amour du travail, desir insatiable de gloire ! voilà ses titres et qu'elle sait faire valoir. Le public attend beaucoup d'elle , mais elle le satisfera.

Témoin de ses premiers essais, entraîné par la magie de son jeu , ou plutôt par le charme irrésistible de son talent , j'ose lui prédire qu'elle jouira bientôt d'une réputation brillante , et qui lui survivra.

Mais une jeune beauté s'avance vers nous , c'est *George* ! c'est cette seconde *Raucourt* , et qui doit hériter un jour de son talent comme Philoctete hérita des flêches d'Hercule. Majesté, grandeur, taille noble , beaux traits, voilà sans doute des avantages bien marqués , et *Georges* les possede ; le tems des épreuves est passé , le travail et l'art secondant la nature en feront bientôt une actrice recommandable et accomplie.

Il est tems de sortir de la dignité tragique, aussi bien j'apperçois l'aimable *Devienne* ce n'est pas sans dessein que j'ai attendu si tard pour en parler. Je me hâte de lui rendre hommage. Oui, *Devienne*, il faut t'avoir vue dans le Bourgeois Gentilhomme, dans Dorine du Tartufe, et dans Toinette du Malade imaginaire, pour connoître toute l'étendue de ton talent, et la vérité de ton jeu, rien de faux, d'outré ne s'y fait remarquer. Étrangers que vous seriez glorieux si vous possèdiez *Devienne* ! mais elle nous est fidele, nos suffrages sont les seuls qu'elle desire, si vous voulez l'applaudir, venez parmi nous ?... car la dédaigneuse n'ira point vous trouver. Après elle et dans la même maison est *Émelie Contat*, cette actrice si gaie, si enjouée dans le Florentin, et dans les Folies Amoureuses. Cette actrice

> ...... *qui loin de démentir,*
> *Le sang des demis Dieux dont on la fait sortir.*

soutient si bien un nom très fameux au théâtre. Elle est suivie de *Debrosse* autre aimable suivante surnommée Pétronille, son service plait aussi, et les habitués sont bien aises de la voir aller et venir de tems en tems dans la maison.

O Théâtre Français ! tout est réuni dans ton enceinte, conquérans, législateurs, sages, brames, soldats, artisans, y paroissent tour-à-tour. Les siecles écoulés

écoulés y renaissent pour notre instruction , et vous Comédiens français ! qui vous chargés de représenter tant de Héros fameux qui ont illustré le monde, vous ne sauriez trop vous pénétrer de la grandeur de votre tâche , ponr être comédiens parfait*! Il faut être doué d'une intelligence plus qu'humaine !

Qu'il est glorieux de représenter dignement un *Socrate!* un *Caton!* un *Épaminondas!* un *Auguste.* Qu'il est agréable et utile d'enrichir sa mémoire des beaux vers de *Corneille* , de *Racine* , *Moliere* et *Voltaire.*

Malheur au jeune insensé qui sans instruction sans talent , ose s'avancer sur la scène ; quiconque n'y est poussé par les élans du génie, et soutenu par les principes et les conseils des bons maîtres , ne recueillera pour fruit de son imprudente audace que des dégoûts, des humiliations sans nombre, il deviendra le jouet du public, la misere et la honte le suiveront et lui rendront à jamais la vie odieuse et insuportable.

Concluons, que l'état de comédien est celui de tous ou il est le moins permis d'être médiocre ; aussi n'ést il question ici que des premiers acteurs et actrices des Français.

D

Puisse leur réputation justement méritée exciter dans l'ame des jeunes débutans cette ardeur impétueuse si favorable aux succès, et qui presque toujours rend digne de les obtenir, l'artiste animé par elle. Il est si glorieux de se distinguer dans le genre qu'on à adopté.

Les encouragemens ne manquent point, et la capitale du bon et GRAND PEUPLE, offre de tous cotés des monumens élevés aux arts, et des asiles consacrés à leurs progrès. Les Colléges les Lycées sont rouverts, les professeurs les plus distingués y ont repris leurs honorable fonctions, ils s'occupent à former des savans, des héros et des sages; d'avance ils promettent à la patrie des Guerriers pour la défendre, des Orateurs pour parler en son nom, des Légistes pour interpréter ses loix, et des Poëtes pour célébrer sa gloire.

Au milieu de tant d'éclat le Théâtre Français se soutient; il honore la nation; il se montre digne d'elle.

L'étranger l'admire et s'écrie
O plaisir! ó transport ó charmes ravissants!
La France est toujours la patrie
Et de la gloire et des talens

FIN.

www.ingramcontent.com/pod-product-compliance
Ingram Content Group UK Ltd.
Pitfield, Milton Keynes, MK11 3LW, UK
UKHW021036120726
13693UKWH00005B/2326